花　や　鳥

hana ya tori
Takahashi Mutsuwo

高橋睦郎

ふらんす堂

序句

花や鳥この世はものの美しく

目次

波のむた　9
のうぼうと　29
誰が瘳か　49
いまここが　69
まろくこそ　89
一の的　109
弓と波大切　129

四方の春 149
舞一トさしか 169
櫻ちらほら 189
秋立つや 209
雪頻れ 229
跋

花や鳥

波のむた

姫始阿のこゑ高く吽低く

柝を打つて咳零しゆく火の要愼

擂鉢の水澄みにけり寒蜆

氷面鏡夜半もとどむる空の青

昔元寇今テポドン

雪の夜のむくりこくりを波のむた

億劫や炭團離れぬ酔心地

出水早春

北の空見放けて田居の鶴一ト日

鶴翔つや一羽五羽百羽三千羽

火の國の山赤赤と杉の春

杉も嚔してこそ放て兇ガの赤

海表も啓蟄あれや潮赤き

横濱驛裏埠頭よりsea bass

支那街チへ船乗込や彼岸寒

支那街チの翡《あけ》や翠《みどり》や料峭と
老《ラオ》酒《チウ》は燗こそよけれ冴返る
老い知らぬ雛の怨みや二百年

雛の代の一夜千年風止まず

韮臭き舌吸ひあふや下下の戀

鳥曇通り抜けなるおんめ様

鎌倉　産女靈神

ふるふると初花二つふふみそむ
花冷えて凍れるごとし硝子越し
散りぎはやいよよ大きく夕櫻

つめくさのつめたつめたと假寝《うたたね》す
Mitochondrial Eveがわが家祖草霞む
相向ひ根を嗅ぎあふや草合せ

雨雲の割れてどくだみ浄土かな

どくだみ浄土どくだみ地獄照昃り

滂滂と坊主めくりをさみだるる

梅雨晴間濁滿滿とあくた川

降りつづく町中ヵにして茅の輪かな

海ナぞこの藻葉も見えよとはたた神

昭和三十三年横山白虹邸

黝き段踏めば上ればば夏の句座

翠巒暗緑なして人誘《おび》く

醜草のきほひに貰ふ目ぢからぞ

蜊蛄水を出で蝎とならん極暑かな

蒸むしとゐらぎ數なす御器被り

何處より集《すだ》き夜宴の御器被り

蜚蠊の髭もそよろに立つ秋か

精靈を乗せて重さよ眞菰舟

海ナ界カの那庾多奈落へ送り舟

九月一日　少年自殺最多なりと
夭折の累累と悔の日なりけり

高星谷はわが名告りの一
星流れ落ち溜る谷ありぬべし

名人老いたりな
マクラより進まぬ噺秋暑く

探題寝覺

戀ならず寝覺めやすきは老いにけり

夜半妻バも寝覺むといへど晝寝ぐせ

覺めどほし小肩冷えけりずぼら穴

浪曲の星國本武春急逝

あしもよしも濱荻もけふ枯咽べ

煮大根の羊羹色や冬深む

豊前小倉

行く年來る年行違ふなり旦過橋

年に顔あらば新舊相會釋

眠さうな旦過市場の大旦

のうぼうと

鎌倉長谷を極樂寺へ越ゆる坂に虚空藏菩薩堂ありその眞言
のうぼうあきやしきやそわかおんありきやまりぼりそわか

のうぼうと蟇いでにけり虚空藏

そこら中恩あり蘇婆訶春暮るる

亀戸天神

船酔に似たる眩暈や藤を前

妖しさや水照りののぼる藤の房
藤房を縫うて歩みや蹣跚と
藤の房長き日も稍暮るる比

暮方の藤吹かるるやいつせいに
藤の冷え花の冷えより目覚しく
あかときの藤房握り冷たさよ

津や浦や原子爐古び春古ぶ

熊本城

壚《かき》崩れ瓦飛び春往きがたし

この星の春を盡すや又震ふ

大往生はな子に舊悔あり

人踏みし春も茫茫象老死

太郎も花子も絶滅危惧種こどもの日

高柳純君

初端午にひ父母を見比べて

悼　蜷川幸雄

荒使ひせし目や聲や青奈落

あをあをと梅雨に入りけり那須野原

那須　二期倶樂部

梅雨に入る二《ふた》會《あひ》川の二《ふた》藍《ゐ》いろ

青梅雨に沈み五體の冷えのぼせ

梅雨幾重鴉群渦巻き鳩襲ふ

福島

梅雨深し除染汚染を繰返し

梅雨晴間除染届かぬ山や沼
燈し飛ぶ一つ高しよ螢狩
合掌を籠《こ》に指《および》洩る螢火ぞ

あぢさゐの紫紺滲める雨の暮

あぢさゐの紺苦しさよ照りつづき

隙間なく茂り病むなり何處向くも

覗き込む水沼の底も茂りかな

蝮捕り棲める沼邊の冷え冷えと

蝮捕り筋に生まれて美少年

この磯もあの洞ラも哭け沖縄忌

熊蟬の東都征圧暗きより

蟬属の熊襲勿來の關越ゆる

さまざまの天牛遊ぶ樹なりけり

天牛や裏返されてぎぎといふ

動坂の炎《ほ》めく晝行く影と我

炎晝の影を先立て上る坂

炎めく坂上り下りして影濃くす

磧《かはらいし》舐めに來るなり蝶《かはひらこ》

偶《たぐ》ひ佳《よ》や川原撫子川翻《ひら》子《こ》

餘熱猶蒸すのみの雨ありしのみ

白玉を茹で零す湯の仄青き

白玉を茹でて冷して夕づくや

白玉や崩れ蕩くる和三盆

活字てふ文化滅びん夜の秋

目をあいて闇つくづくと朝も秋

朝秋の目を洗はする末明《まだき》闇

七夕

梶の葉の七葉に餘る願ひごと

梶の葉に餘る言葉か心かな

夭折の友等に

我が記憶こそ汝が來世苧殼焚く

誰が寥か

天河濃し川のなべては彼處より

小鳥湧く空搔混ぜて野分媛

風に色なく銳しやものの聲

もののえたる光忽ち水暮るる

友枝昭世師清經

月清し海美しと入水せり

われからを我も聞きたや夜舟出し

悲鳴擧げ下るるシャッターとはの秋

シャッター下り又上ガるなき秋の暮

隼のいきなり落ちや何摑む

隼の摑み上りし蛇の丈

拱《たんだ》くや寝屋の空ゆく雁の數

悼　宇佐美魚目

後の月のちを讀めとや紙の白

正倉の三倉なべて開き澄む

奈良や秋地《ぢだ》に何書く數學者

水俣港現在

たまゆらか魚《いを》湧く海の小春凪

當今少年少女事情

縄跳の唄止みしかば縊れをる

僕死んだ見て見て見てよ憂國忌

遠退《ぞ》きぬ腰巻火事も戦前も

年守るコンビニの燈や雪霏霏と
年の夜の思ひ放てばみな妖魔
等類のめでたさ清《さや》に初季寄

巨福呂坂年どし険し初閻魔

年の數餅食ふ姚よ古昔

千宗屋師に
初點前松のあらしは湯釜より

老が戀修羅とならんず火を瞻《まも》る

流れ船その船魂よ雪の沖

牡丹餅二つ食うべ此岸に長居せり

死美人といふは花冷え十日超ゆ

散り交ふや花びら泳ぐ歩者走者

椿山ごと今朝の供華高虚子忌

大いなる虚の人思ふ日なりけり

陽炎や人形腑分け綿ばかり

絲遊の緒《いとぐち》解《ほぐ》れ績《う》み溜り

逃水でいまそかりしか父や母

肥前多久孔子廟

草深き多久のどやかに釋奠

禮《ゐや》深き豕《ゐのこ》のかしら釋まつり

薫風や下り居の帝大后
青嵐いとま有馬の湯にあれば
花は葉に人は日に疾《と》に俤に

霊名マリア・アロイジア岡田史乃

山盧久闊

諸若葉潜りて後山高からず

膨るるやほととぎす待つ雨の山

竪《しゆ》の横《わう》の聲交《か》へ雨夜ほととぎす

虚《そら》腕《うで》をさする現つ手長《なが》雨《め》忌《いみ》

鬱鬱と夏蠶葉を食む五萬頭

小丸屋住井啓子刀自に

幾夏の幾團扇かぜ誰が瘳か

夏百日待ちつづけ消ゆ蟻地獄

米粒尠く見込む己が兩眼映るを

目玉粥澄み飢ゑ新た敗戰忌

齒莖もてしがむ胡麻鯖生佛

指す手死出引く手三途や踊の輪

手や足や躍り燈籠の廻《わ》を出でず

いまここが

身心の古び新たや大旦

古耳に振るあらたまの古鈴ぞ

食積や臓腑蠕動永《と》遠《は》に闇

老の春躓きの石八方に
へのこ岩ほと岩しばれ相古ぶ
生《いき》剝《はぎ》の地獄直《ただ》視《み》よ褎

血の臭ひ競ひ毛衣婦人會
降る雪も降らする天も息深き
尻瘦せてしやがむ雪隱夜氣冴ュる

老骨の祕結おそろし厠寒

鏄痛し鞁り悲し紀元節

悪猫の兔れがたく戀ひ嘆く

翼翳眩し啓蟄一ト覆ひ

啓蟄やすなはち鳥の咽喉奈落

春寒く湯婆泣くなり歔欷歔欷と

捨湯水ぬるみ湯婆の別れかな

蹲《つくな》んで見る絲蚯蚓溝の春

熊に喰はるる刹那眞赤か眞黑か

こごみ採り熊に喰ラはれ失せて猶

碧落に萬朶木花咲耶比賣

老いの齒の汚れ易さよ花見重

天草四郎忌

もののふの耶蘇蛆たかり肉薫れ

眞處女の薄鬚けぶる五月かな

汗噴いて桃膚匂へ鬚處女

津輕に夭死男女寫眞婚の習あり冥婚假に訓んでヨミメトリ

冥婚囃すや木の芽百千鳥

冥婚うつしゑ現つ夏光

踝に雲さやりつぐ川禊

ふる川もあたらし川ぞ禊けふ

ははき木の薗《その》原《はら》伏《ふせ》屋《や》露まみれ

梅雨の底床擦レ疼く尾骶骨

初蟬のはや蟬山と沸きかへる

蟬の殼握り碎くや金微塵

夕《ゆふ》焼《やけ》野《の》嫗《おうな》百《もも》人《たり》立《たち》尿《ゆまり》

少女そのしやがみ尿《しと》こそ夏夕

横濱埠頭

火蟻潜む罅かも知れず日の眞晝

井戸を忌み流言を忌み震災忌

爽秋名刀展を観る

刃わたりやまさやかにして腥き

秋澄むや嘶きかはす鳶と馬

猫うかれ犬さわぎ谷戸月の中

後夜かけて樂しめ耄けて十三夜
紅葉且散るとはこれか且仰ぐ
はやて雲花野枯野に瞬く間

徒然草第百八段

飲《おん》食《じき》言《ごん》語《ご》行《ぎやう》歩《ぶ》秋逝き今朝の冬

第四十八回憂國忌

異端とふ勲章ありき菊を焚く

榾焚くや紅《ぐ》蓮《れん》青《しやう》蓮《れん》牡丹變

竹生島行

都久夫須麻比賣臠《みそなは》せ小春凪

湖ミ北タの雪や來ん來ん白子婆

餘呉湖

靄ぬくし鴨に交れるかいつぶり

浅羽愛子さん

その女《ひと》の訃を聞き葬を聞かず冬

いまここが六道の辻年詰まる

まろくこそ

新玉のはつ言の葉はまろくこそ
古ぐにの古き墨の香初硯
混沌と混沌とあり三ヶ日

四日五日六日七日も混沌と

林桂さんに

餅の黴吹くや茫茫八十年

凸版印刷博物館

解體新書形態名目篇凍つる

凍つる夜の白湯を甘しと陀羅尼助

陀羅助の苦味親しよ寒に入る

凍雲や鮫の長生き四《し》百《ひやく》歳

二十三區都下悉く春嵐

春嵐眩しみここら坂多き

六代目豊竹呂太夫襲名

淨瑠璃は呂のこゝろ四界水溫む

木《で》偶《こ》助《すけ》に魂入れよ草のこゑ

永き日の松江思へば濠縦横

永き日や松江はいまもヘルンさん

探題諸葛菜

孔明の草志むらさき捨庭も
田百枚戀の蛙の夜となんぬ
泪ため蓑交めるは苦しきか

丹後伊根

秀を立てて舟屋出で入る波五月

川端知嘉子さんに

粽結ふ昔御所には道喜門

切株に噴くやたらたら夏の蜜

父の日や舊約聖書モオセ五書

舊約の暗さ重たさ夏深む

逗子ととら堂

古書霽ぐ燈のしみじみと夜の秋

甲州都留溪流莊　二句

燈を消せば白し秋立つ夜の湍ち

秋白き湍ちに隣る深眠り

舊七月十五夜

隱さふや女詣の三井の月

無月とは胞衣幾包む月天子

ミキデラゴミムシの謂れを問ふに

鳥羽僧正放《ひ》り給ひけん屁こき蟲

傳鳥羽僧正筆放屁比べ

屁合せの巻に香燻け覺猷忌

加古川鶴林寺

烽《とぶひ》して水越えにけり曼珠沙華

色鳥の色羽匂へと朝光

色鳥の翔ちつぐや空酔ひにけり

考ふる秋の脳とや胡桃の實
昨日食ひ今日啜りけり柿の秋
荒淫に似たり熟柿に執着す

諸木木の蕭殺ここに深大寺
若きらは迅し逝く秋惜しむさへ
紅葉地獄落葉奈落明るくて

皇居にて兩陛下にお茶を賜はる

秋暮るる千代田松原日の黄金

今朝の冬一汁一菜放光す

湖國なる柿本多映さんに

かき暗し吹雪き鳴らすや湖の琵琶

保食《うけもち》の母搗き殺し搗き潰し
乳房より乳《ち》汁《ち》より白し搗上る
搗上げの湯氣をどさりと餅取粉

搗立てを千切り幾つも丸め餅
外竈築いて壊して餅三斗
餅好きは雑煮安倍川餅フォンデュ

松七日餅十五日食べ飽きず

女正月此は雪の夜の品定め

一の的

齒固や齲齒義齒幻齒吐盡し

寢積むや天井低し三ヶ日

竝寢て汝が初㝱に入得ずよ

八十年忽ち過ぎし寝正月
傘差さで富正月に濡れに出る
お降りのいつしか世界眞白に

故藤田六郎兵衛

亡き人の籟初聞かなの松の空

梓弓春は一の矢一の的

一の矢に鳴る一の的冴返る

射逸れたる矢の行方こそ春惜め

瀬のひかり眠し眠しと猫柳

蘆屋　新池訛りて

死に池の藻の芽春雨日暮れても

ずぶ濡れの池見て帰る春の雨

湯灌して死びと生れぬ春夕

舟・湯槽・柩押出せ彼岸潮

明治大正われ哺みぬ蓬餅

サクラサクラ昔讀み方綴り方

花闇は晝よ暮れては花明り

迷子とは老の遅日のことならし

蛇山に入るに小鈴を十二十

蛇は飛び鴉はありく青五月

立駒の尿リかがやく五月來ぬ

堀本裕樹に

木の國は根の國なりし青葉闇

鮏《なまぐさ》に鹽打つ梅雨を近みかも

梅雨入はや本梅雨なりし安けさよ

空耳の蟬姦しし梅雨十日

我を知る人逝次ぐや梅雨廿日

濁濁とさみだれあふれあくた川

戀なべて泥うたかたと業平忌

打物吹物亂打亂吹梅雨を追ふ

目見《まみ》悪しく鳳蝶消えけり緑闇

夏蟲の後朝掃くや堆き

學校怪談

人魂の灼きし厠戸夏休

その昔

ペンパルはカナダ少年夏休

全生庵曝涼

風入るる幽靈の繪のみな蛻ケ

三旬不雨《あめふらず》晝幽靈の透きとほる

秋蚊帳にまぐはふ靈マか現身か

曾根崎心中

足の無き道行露を踏み迷ひ

日と月を月日ぐすりか壊れびと

日のしづく月の雫に君癒えよ

後の月後ジテならば痩男

前キの世のわれに書ミせん秋の暮

剰へ雨となりけり秋の暮

吉岡幸雄急逝

昨ソ會ひし訃を聞く露の電話口

悼高岡一彌

穩かな死顔といふ冷じき

火戀しや地獄繪に立つ焔ラすら
朝空の臙脂粉黛しぐれつつ
愛執を去れば親しき時雨かな

さる優の名見えず

南座のまねきや黄泉に移しける

あの俳もこの優も亡せ二の替

弓と波大切

弖《て》爾《に》乎《を》波《は》の弖と波大切初懐紙

身八ッ口暗さ比べや戀の札

竹匠生野此君亭

寒竹の琅玕削り箸楊子

雪や根岸獺の祭の跡尋めん

風邪十日わが枕邊も獺まつり

祇園山北條腹切窟

幾合戦あなかまの倉の春の雪

窟《やぐら》此處死ニ血腐タ肉シ目覺め春

閑《のどか》とは億兆の魔の默《しじま》かな

默とは繁《しじ》に魔殖ゆる春の闇

隅田川花見船

花に狂ひ齒のあるごとし都鳥
永き日を嘆くも憂きか樹獺《なまけもの》
橋おぼろ渡せる先の岸おぼろ

ぼうたんといふ寥崩れはた崩れ
人類は病めよ滅れよと青葉寒
加茂葵長けにけらしな祭無み

諸祭停《ちやう》止《じ》の夏のだだ長き

朝寝晝寝駄駄寝早寝や夏百日

疫神跳梁跋扈梅雨に入る

青梅雨にしやがみ糞ソマる蒙古斑

草腐タり螢ととぼり遠チや近チ

夏至白し土繁吹きつつ未きより

鹽の變酢の亂黴雨四旬超ゆ

明易や壺から壺へ蛸源氏

竹重百合枝歌集に蠶桑食む音をこゝあらしゝと

蠶嵐を守るうたた寝や寧からん

炎より美しきを知らず蘭丸忌

舊六月二日

海《ナ》底の黄泉は語らず鮑海女

鮑採る手を岩に扶《こ》じ上《ガ》りこず

別府鐵輪溫泉柳屋

夕立のゆくたて目守る湯の二階

帷のかろさ載せたりたかむしろ

醜草に目の行くや八月十五日

舊七月望　若井新一さんに

前キの月祭るに越の茄子をもて
揉み焙り茄子名月と申すべく
はつ風や雙耳慧きうさぎうま

藤井聡太棋聖

初風や長考のすゑ指す香車

茗荷掘る爪朝露に汚しけり

花茗荷食べしことさへ忘じけり

月光ゲの積るは皓し雪よりも

月光の骨かと草間かくれ水

哀れ蚊の一つほのめくや老が耳

哀れ蚊も雁ネも脚揃へ飛ぶ

見ぬ雁の裏聲數ふ寢覺かな

いなづまの後朝匂へ稲の花

驅けめぐる枯野輕ロかれ片しぐれ

枯野行くしぐれを船と思はずや

大綿の涌くや越《こしぢ》の前《みちのくち》

檻褸市にひうと凩凩《ひとがらし》

檻褸市に梵《ぼ》論《ろん》字《じ》見しか罔《まぼ》兩《ろし》か

掃塵やふためきこぞる付喪神

親不知子不知吹雪く道不知

覆面《マスク》をば離ゥとして暮る此の年は

四方の春

諸霊《もろみたま》目張り耳立て四方の春

閑のころゐいざ鎌倉へ初電車

鳴る湯玉宥め一ト杓初鼎

初茜白木の盆に御目出糖

唐墨は無垢の黄金ぞ薄う切れ

初旅は獨り賽振る繪雙六

憤怒なる慈悲あかあかと初閻魔

初染や藍神様の上機嫌

二月猶さざなみ氷《こ》結《ご》れ永《えう》福《ふく》寺《じ》

虚子よりも立子の二月鎌倉は

針納地獄繪解に針の山

掌に餘る錆折針や憂き人に

契りきな折針千《ち》本《もと》白湯添へて
勿違《たが》ひそ末や血の池針の山
騙討私《わたくし》闘《いくさ》谷戸芽ぐむ

唾つけて鼓いたはる春寒し
笛といふ息のうつはを草の上
滛まんと砂うごくなり泉底

底うごく砂金銀に泉睲む

―永遠のされきびと石牟禮道子に

高ざれき櫻ざれきや死にざれき

頭ゥをもて數ふ荒蝶百餘り

永き日の豆の蔓天をうかがふ

血走るや火奔るや雨夜杜鵑

落し潰す血卵許多《ここだ》ほととぎす

鎌倉府七チ口ウの一螢涌く

火《ほ》を垂るや又掬ヒ上げ飛ぶ螢

曾て共に螢見し人の訃に

籠螢燈カりに漕げよ死出三途

蟻の聲出す人と見る蟻地獄

削り氷やさくさく玻璃の匙をもて

透ヶ匙に掬ふやこれも蟬氷

大夏野行くや私雨連れて

炎晝の人ごゑ若し通り過ぐ

手妻に和妻洋妻あり

手妻師の和魂洋才星涼し

手の内の和妻洋妻夜の秋

九月十九日

絲瓜子規長頭にして揺れ止まず

絲瓜子規アメンホテップ長ガ頭マ

唐津隆太窯演能

草能の後ろいつより月在りし
後の月その後朝の捨尾花
木に木魂草に草魂枯れてこそ

亡《ばう》芭蕉驅けて枯野の火付びと
枯野に火付くれば追ッて時雨來る
夕時雨芯に火の在り走り過ぐ

却來花とはこの夕べ返り花

群肝に色色紅葉沁む旅ぞ

門司に戻り來しよ鰭酒ふくふくと

ふくの身と皮の隣を遠江といひわが偏愛の處

遠江より三河へとふくの箸

ふく盡し雜炊さらへ身酒たべ

心中幾つ弔ッり長命近松忌

西鶴の門左の浪速年詰る

新春歌舞伎番付に吉右衛門無し

亡せし名のかくも大きな初芝居

舞一トさしか

蟬いつより矢鱈拍子や亂拍子

朝鈴や夕鈴や谷戸蜩は

露の家素讀は朝タ匂ひけり

桃に癡れ駄駄寝に呆ゥけまだ日中

お施餓鬼に叶ふ大雨道か川か

お施餓鬼の今宵この家燈舟めく

漱石五十鷗外六十送り舟
喪の椀に浮いて松露の玉あぶら
草ひかり雨夜こほろぎ聲離離と

子規は兄虚子は父なり絲瓜棚

秋高し詩うたふ孔子思へば猶

老ィわれに若き二三子露眩し

小鳥來よ伸びしろのある晩年に

月待つと江口に躍る鯔の數

中秋端溪を思ふ
月明の硯刳り採る淵の底

觀月會果てて一ト雨ありし跡

友は

久濶の我に蕎麥打つ十三夜

後の月又の名姥月

姨捨の月はこの夜に見るべくぞ

月名残盡さんにこの甕の古酒

谷川俊太郎兄より古山子作を賜る

盃ィは一つ二タ夜の月を盡さんに

青年に眉目ありけり今朝の冬

枝枝鳴らす盤《ばん》渉《しき》調《てう》や御所暮るる

漱石忌

文豪にわれは文耄葛湯吹く

越後村上の鹽鮭を賜りて

あかあかと乾鮭卽身佛ヶこれ

諡納め失せにけりとぞ納めける

年の夜の噦《さくり》止メの大嚏《くさめ》

『七と五の詩學』の著者に

係結とはこの結び柳かな

小面に餘る大顔能始

K・ヴィンセント曰く

句は咳か歌は吐息か春遅遅と

寒食の木を抱けば芽吹哭く如し

疫禍三年目の春

世に在りて草葉の蔭や草青む

町なかの古書肆をたのむ春籠り

家櫻見る家呑や家の子と

安里琉太帰郷成婚

紅《びん》型《がた》の花鳥や世《ゆ》も花と鳥

飲《おん》食《じき》屎《し》尿《ねう》睡《すい》眠《みん》男《なん》女《によ》春《はる》懶《ものう》

翻るとは汝が専らつばくらめ

けいけいと蛙聲《あせい》青しよ朝の森

山吹は白一重こそ昧爽《よあけ》こそ

菖蒲太刀もて切結べ若きには

踏外す若いかづちかあの鳴るは
百雷の輾《てん》轉《でん》す翠巒暗谷ぞ
青嵐抜け來し額《ぬか》も手も眞青

悼　須永朝彦

朝彦の訃や梅雨早き毛《け》野《の》科《しな》野《の》

人は人國は國怖ぢ梅雨に入る

ねうねうと促す仔猫霖《なが》め寒《ざむ》

六月廿六日

母の忌に姉逝くと訃や戻り梅雨

白川静逝いて十五年

甲骨文金文黴びぬ究めばや

別府鐵輪

四方山に地獄噴くなり夏土用

悼　浅見眞州

猿樂師亡せて噂や土用干

木のくれの舞一トさしか人一《ひと》生《よ》

櫻ちらほら

古どしの新どしと變若《を》つ闇深き

婚さびし二人さみしと年賀状

明日のこと死の聲に聞け能始

敵《かたき》こそ友よ寒の夜相離り

切切と降るなり雪も默ダの香も

降る雪の見えぬ綾目や暮れ乍ら

積るもの雪か沈黙《しじま》か悔ィか無か

あさあさと消えて跡なし朝の雪

雪嵐晴れたる朝の走水

今朝外に立つ不審者を春といふ
白きは翠薄きは朱ケぞ梅の蕚
天の青吸うて白さも白ラ梅ぞ

梅交り櫻ちらほらあたたかき

婦系圖　二句

花は上野巾着切といふ仕事

掏摸といふ手職ありけり花見どき

櫻見し夜の寥重し華やかに

歸住せし若き友に

つくづくし摘めや筑紫野妻隠みに

闌けたるは緑青噴きぬつくづくし

つくづくし袴小倉か仙臺か

永き日やかうもり傘を杖代り

體ィ中の水ことごとく立つ夏ぞ

アイロンの舟行き戻り夏に入る
アイロンの舳先うつくし遠卯波
山芍薬仄と咲きけり仄と散る

みちのおく道の高きに桐の花

昃らず暗むことあり若楓

夏雲や風雷神門淺草寺

燕くぐる持國增長二天門

三囲はかしこ梅雨雲寄る處

上ゲ潮や海ィ漫漫と梅雨隅田

萬緑の奥暗暗と迷宮忌

六月十四日ボルヘス忌すなはち

夏百日中に最も暗し夏至

天日の車駕眩《めくるめ》く夏至暗し

木洩れ日の中訃はいつも突然に

七月九日三鷹禪林寺鷗外墓前

君亡くて百年の今日蟬聞かず

捨谷戸の廢病棟のいつの秋

八月の西日泡立つ捨てラヂオ

蟬山や蟋蟀谷や西日沁む

良寛に貞信尼あり天の川

更けたりな井戸の底なる天の川

蟲のこゑ青しと思ふ月出づや

遊べるは月か蛻《もぬ》けしわが魂か

いさよふはやすらふは月は薄雲は
以後夜夜に月蠹むは時ならし
紅葉暗く黄葉あかるく且散るや

こがらしは水涸らしとや磧《いしかはら》

近松忌

霜も迷へ相對死にの別奈落

十三代目團十郎襲名　二句

年の内の春や由縁の江戸櫻

平土間も舟に搖らるるやうに春

古今集巻一

年の內の春ゆかしさよ讀納

秋立つや

秋立つやわが身わが杖その影も

ニッポニアニッポン我等敗戰忌

探題ブラックホール

天の川その尾も吸はれ盡さんか

black hole そも自らに吸はれなば

秋の聲立つや心のあら野より

野分野の眼とし一ッ家燈モせる

野分哭《ね》を泣くや日ねもす行戻り

野分中思ひを熱く熱くゐる

比丘は日の比丘尼は月の丘急げ

耳冴ゆや時雨白しと牀の上
しまらくをしぐれをりけるしづけさよ
狐火や胸ナうちの闇深ければ

闢八州狐除目の燈か増ゆる

寂聴忌　十一月九日

渇愛の露今朝慈悲の霜の綺羅

地の鹽は凝ゴるぞ蜜は綴れるぞ

たいまつる飯ヒ著《いち》白《じろ》し山祭

年深く魑《こだま》魅《すだま》の息聞かな

除夜なれや星曼荼羅を屋根の空

わが故郷にては曾て酢餅にて死ぬる人多かりし

餅呑んで昇天父もその父も

風荒き去年や今年や火の粉雲

大亂の年の讀初め太平記

初寥の宵の洗身ねもころに

初寥の裡くれなゐに闇深き

鶴食べし寥はじめ腥からん

孌《をち》若水や有爲の奥山寥深く
初寥の喜壽童女笑み碎けたり
喜壽童女白壽妖女もめでたさよ

初懐紙多淫の嫗不犯叟

人の日や好悪さびしく人老ゆる

伸し餅を枕や酔うて寝し寥に

筑紫なる野中亮介兄に

幻に幾花ひらけ葛湯吹く

大寒の石となりたる古蒲團

石となる煎餅蒲團われも石

大寒の鍼ぴしぴしとツボに入る

鼎《かんなべ》は悲しみに割れ寒土用

炭の尉炭團の姥を馬手《めて》弓手《ゆんで》

西村麒麟一誌を立つ

雪野行き麒麟を獲んか草萌えよ

三花圖

梅寒く桃仄ぬくし櫻いかに

月花の果ては無明ぞ西行忌

月明に笋ナ掘るは掘串もて

月の夜のたかうな食うべ身ぞ透る

ふる里や夏蠶に早き繭粽

生き死にや露の粽の解き難な

日の雲雀練り鶯の巣は闌けぬ

金華山懐舊

蛭降りの峠青葉す越ゆべしや

山蛭は目無し耳無し吻チ二つ

わが老イ血未だ温しや蚊の嘴《はし》鋭《ど》

絶滅の虱拝まん古褌

うしろかげ白玉ゆづる母在りぬ

月臺《プラットフォーム卽ち》といふべく涼し高架驛

雪頬れ

籟初のおこるや天の冥きより

相模國三浦のこほりに棲み三十五年

春嵐地獄北條修羅三浦

比企三浦北條ほろび梅うるむ

梅ちるやとうんとうんと晝の波

産ブ女産子埋ヅめし此處ら涅槃雪

おんめ様おん目瞋《ひら》かせ春の雪

小田原城

城なかに谷あり谷は谷櫻
逍遙遊とは舞ふ花も縫ふ人も
花めぐり命減らさん面白き

百千鳥朝寝のうちも命減る

人面にしてうら笑めややかほよ鳥

貌鳥や嘴開《あ》けばこゑ悪《あ》しし

饑《ひだ》る神透きとほり春窮るか

佐保姫に臍ありや臍霞めりや

呂太夫切場語りに

淨瑠璃の春駘蕩と古帽子

春惜む綾取りの橋壊しては

コロナ下三年ぶり三社祭

新門の一統老いぬ御魂入

宮出しと宮入り一ト日青葉寒

短夜のまして浅草寥浅き

越後彌彦社
思ひきや夏越を越の一の宮

形代に首無く手足無きあはれ

形代の白浮き沈み神の瀧
雨の山母とし雲の峯高し
三册子ほとけと祭り瓜なすび

白なすび煮るに駿河のさくらえび

祖父・父・わたくし

三代をいくさに死なず敗戦忌

校庭に映畫立ちけり天の川

悼　三宅一生

はつ秋の死は一枚の布にて足る
誰が屍衣か測り裁つ音爽かに
わが命數かぞへをる誰レ冷かに

三輪大社狹井社

神の蛇五十百現れ大月夜

日に干して月に晒して吉野葛

夭折は柩重かり草紅葉

紅葉且散る悲《はげ》しく歌ふ聲や誰そ

山怪に美《びん》女《ぢよう》もあれ紅葉闇

赤壁ノ賦に前後あり後後の月

子規庵立冬

鶏頭のいうれい立てりあの邊り

月蝕の金覆輪も冬二日

ひよひよとさみしき數や歸り花

蟲時雨落葉しぐれや星しぐれ

似物の時雨重ねて初しぐれ

後ろかげ時雨西行山頭火

神有は星の入東風海のいろ
昴入東風とや群るる鮫《わに》か神か
手や足や枯れ盡す沾ヤヤコ舞

三界は火宅風宅三の酉

越前永平寺

山水經藏し雪つむ越の山

八十まり五のとしを迎へて自らに雪齋を號らんとす謂はれは曾てたらちね語りし我が生れ日の朝げしきによるすなはち

小雪まふ朝湯戻りに生れしと

雪の香の立つまで生きん志

雪頻れ達磨俳諧興るべう

跋

少《わか》く俳句なるものに出會ひ、七十餘年付き合つてきて言へることは、俳句はこれこれの詩・しかじかの文藝である、と規定または言擧げすることの虚しさだ。十七音を基本とするたぶん世界最短の詩型といふのは、客觀的な事實の範囲だからまだよい。最短の詩型を形式の上で生かすのが切れ字であり、內容の上で支へるのが季語であるといふのも、芭蕉の遺語「發句も四季のみならず」「無季の句ありたきものなり」といふ保留付きで、とりあへず許容範囲だらう。しかしその餘は虛子の「花鳥諷詠詩」にしても波鄕の「俳句は私小說」にしても、その人その時の門下か仲間內での敎條か合言葉程度と合點しておけば足りよう。

芭蕉は敢へて俳諧の定義も、發句の定義も積極的にはしなかつたやうに思ふ。「俳諧は三尺《せき》の童《わらべ》にさせよ」も「發句はただ金《こがね》を打ち延べたる様に作すべし」も、さらに「物の見えたる光、いまだ心に消えざる中《うち》にいひとむべし」も、用であつて體ではない。俳諧自由を旨とした夫子のことだ、體を言つて作が不自由になることを、何より嫌つたのではないだらうか。自由・不自由についていふなら、自ら求める俳諧に先蹤のなかつた芭蕉は習ふべき手本がないといふ意味では不自由だが、手本に縛られない分だけ自由だつた、といへる。弟子の場合は事情が違つてくる。自ら作るに當つてしばしば一字一句師に相談した。それは表向き自由だが、じつは不自由だつた。だから、芭蕉は死の牀に馳せ參じた門弟たちに夜伽の句を作るやう勸めた折、「今日より我が死後の句なり、一字の相談を加ふべからず」と、以後各自句作において眞に自由になるための覺悟を求めたのだ。

今日おこなはれてゐる俳句の原型を作つたのは、いふまでもなく芭蕉である。しかし、今日一般的な平明な只事句と芭蕉の句と、なんと相貌を異にしてゐることだらう。芭蕉の句の魅力はしばしばその意外な難解さと不可分だ。むろんそれは意圖された難解さではない。創始者ゆゑの止むをえざる發明の試行錯誤から生まれた、止むをえない難解さといふべきだらう。

芭蕉の俳諧および發句は極言すれば芭蕉一代限りのものだ。芭蕉一代の表現行爲を繼承しようと志すなら、その爲事を尊敬しつつ、各人自分一代の爲事を志さなければなるまい。そこに止むなく生じるかもしれない難解さを恐れたり、況んや忌避したりは禁物だらう。

「古人の跡《あと》をもとめず、古人の求めたる所をもとめよ」と言ふ。古人をさしあたり芭蕉と定めれば、「松の事は松に習へ、竹の事は竹に習へ」か。これをさらにたとへば『正法眼藏』に溯れば「而今《じこん》の山水は、古佛の道現《だうげん》成《じやう》なり。ともに法位に住して、究盡《きうじん》の功德《くどく》を成《じやう》せり」。さらば

山や水有情無情や皆目覺む

令和甲辰立春

高橋睦郎識

高橋睦郎（たかはし・むつを）

昭和十二年十二月十五日、北九州八幡に生まれる。少年時代より詩、短歌、俳句、散文を併作。のち、新作能、狂言、淨瑠璃、オペラ臺本などを加へる傍ら、古典文藝、藝能の再見を續ける。俳句關聯に句集『舊句帖』『荒童鈔』『稽古』『金澤百句』『賚』『遊行』『十年』『那須いつも』『百枕』『季語練習帖』、評論『私自身のための俳句入門』『百人一句』『季語百話』『詩心二千年』等。日本藝術院會員。文化功勞者。

著者　高橋睦郎©　發行日　二〇二四年二月四日初版　二〇二四年四月一一日再版　發行人　山岡喜美子　發行所　ふらんす堂　〒一八二—〇〇〇二　東京都調布市仙川町一—一五—三八—鍋屋ビル二—二F　電話〇三（三三二六）九〇六一　FAX　〇三（三三二六）六九一九　URL　https://furansudo.com/　MAIL　info@furansudo.com　印刷　日本ハイコム㈱　製本　㈱松岳社　裝丁　和兎　定価＝本体三〇〇〇円＋税
ISBN978-4-7814-1605-2 C0092 ¥3000E　落丁・亂丁本はお取替えいたします。

花や鳥

はなやとり